Metafísica del Amor
Metafísica de La Muerte

Arthur Schopenhauer

Metafísica del Amor
Metafísica de La Muerte

MAGORIA

Si este libro le ha interesado y desea que le mantengamos informado de nuestras publicaciones, escríbanos indicándonos qué temas son de su interés (Astrología, Autoayuda , Ciencias Ocultas, Artes Marciales, Naturismo, Espiritualidad, Tradición) y gustosamente le complaceremos.
Puede consultar nuestro catálogo en http://www.edicionesobelisco.com

Colección Magoria
Metafísica del Amor, metafísica de la muerte
Arthur Schopenhauer

1ª edición: febrero de 1988
3ª edición: enero de 2002

Edición preparada por Mercedes Domínguez
Diseño cubierta: Michael Newman
© 1994 Ediciones Obelisco, S.L.,
(Rreservados los derechos para la presente edición)
Pere IV, 78 (Edif. Pedro IV) 4.ª planta 5.º 08005 Barcelona - España
Tel. 93 309 85 25 - Fax 93 309 85 23
Castillo, 540 - 1414 Buenos Aires (Argentina)
Tel. y Fax 541 14 771 43 82
E-mail: obelisco@airtel.net

ISBN: 84-7720-390-3
Depósito legal: B-409-2002

Printed in Spain

Impreso en España en los talleres de Romanyà/Valls S.A.
Verdaguer, l. 08786 Capellades (Barcelona)

Reservados todos los derechos. Ninguna parte de esta publicación, incluido el diseño de la cubierta, puede ser reproducida, almacenada, transmitida o utilizada en manera alguna por ningún medio, ya sea eléctrico, químico, mecánico, óptico, de grabación o electrográfico, sin el previo consentimiento por escrito del editor.

PROLOGO

Eros —Amor— y *Thanatos* —Muerte— se encuentran en el devenir, luchan, se necesitan y no son el uno sin el otro, pues ambos pertenecen a la Voluntad, principio metafísico situado más allá de lo observable y de lo pensable. Ambos son manifestaciones primeras e iniciales de esa voluntad que Schopenhauer define como voluntad de vivir impresa en la Naturaleza y, por ende, en todos los seres que la conforman, incluyendo evidentemente al hombre, quien pese a que se considera superior a su entorno no es sino un esclavo más de esa fuerza ciega o energía inexplicable que va marcando paso a paso, inexorablemente, las pautas de su destino. No hay lugar para la libertad, no hay escapatoria posible ante la condena de existir, sólo aceptación y un camino místico-intelectual reservado a unos pocos, aquellos que renuncian al incesante afán de vivir o de satisfacer sus siempre incolmados deseos, los que renuncian a su egoísmo y a su individualidad.

Mucho se ha hablado del pesimismo de Schopenhauer, pesimismo que aflora claramente de una influencia romántica. Para el romanticismo la dualidad causalidad natural y libertad humana es la gran tragedia de la existencia; además exalta gravemente el ideal y el sentimiento que poco o nada tienen que ver con la realidad cruel que avasalla al hombre y lo engulle en su materialismo. Así nacen el dolor y la melancolía del romántico que no encuentra motivación alguna en el mundo por la que existir a excepción del amor, pero un amor casi irreal, o mejor dicho extra-humano, que aunque pueda encarnarse en una persona determinada es platónico, sublime y distante de la cotidianeidad del escritor y, aún más, ese sentimiento particular se transciende en la llamada a una alianza fraternal con la Humanidad, esa humanidad que corre el peligro de destruirse por la excesiva importancia de las cosas «no-importantes» como el dinero o el poder. Pero el amor romántico no es precisamente un nido de felicidad; la angustia, el miedo y la melancolía hacen mella en los amantes, por no decir las convenciones sociales. Es un amor la mayoría de las veces ilícito o fuera de la norma, voluptuosamente pasional y, por lo tanto, imposible en este mundo, coronado consecuentemente a menudo con la muerte. Y es que la muerte en el romanticismo aparece como remedio, como transcendencia, como solución al fatalismo y a la decadencia de la vida. No es por casualidad que la pintura romántica se detuviera a expresar tales sensaciones en los cementerios o en los retratos de seres torturados por su hado de «terribilita» profética, donde la locura era la puerta más accesible.

Schopenhauer conserva ese esquema trágico, pero no así la gradación de valores, despoja al amor y a la muerte de sus ropajes de ensueño donde habían dormitado tantos poetas, quiebra la tentadora mentira que embellecía unas situaciones que no distan, en su opinión, tanto del comportamiento animal. Pero salvaguarda el dolor, pues es el dolor la esencia inherente a la vida; el ser del hombre es precisamente sufrir si limitación, su no ser lo otro o su aspiración a ser lo que no es ni será. Y el hombre se cree libre engañándose en redes de palabras, pero no, está sujeto, encadenado a ese sufrimiento que es la vida, y eso es así porque no puede ser de otra manera. La individualidad implica separatividad y la separatividad dolor; ni la gloria ni el poder pueden jamás satisfacer esta sed de totalidad o perfección, ni tan siquiera el amor, pues no es más, en última instancia, que un instinto encaminado a la procreación y, por lo tanto, una cadena más enganchada a la vida. Pero tampoco la muerte escogida: el suicidio libera, porque el hombre se ata también a la voluntad de vivir, el suicida ama la vida mas no soporta su vida. Solución: no hay ninguna.

Todo es fenoménico, todo interpretación de una manifestación que no es la verdadera realidad; ya había dicho Kant que el hombre conoce solamente lo aparencial, mientras lo nouménico —lo esencial de las cosas— es incognoscible, pues no existe una intuición intelectual capaz de captarlo y aprehenderlo en su esencia. La voluntad de vivir, noúmeno de todo lo existente, detrás de las cosas se burla del hombre, le aprisiona. La Razón, ensalzada por Hegel como ordenadora y fundamento de la vida y de la Historia, se desmorona ante la irracionalidad, cae por una pendiente sin fondo, se pierde, se ahoga, la escisión dialéctica se eterniza y no sirve para entender el principio metafísico de la existecia: es un arma de juguete contra el destino implacable.

Lo importante es la especie, no el individuo. Aquí las influencias darwinistas se asoman, gobierna una evolución de las especies para su mejora, los más fuertes, los más bien dotados, esos son los herederos del mundo. El hombre se encuentra al servicio de la Humanidad, pero no entendida espiritualmente, como los románticos, sino de una forma exclusivamente biológica.

Pero si el hombre desea superarse, debe romper con la Naturaleza y con esa voluntad de vivir, intentando ser sólo un no-deseo, una no-esperanza, un casi no-existir existiendo. El ascetismo —con unos toques orientales que recuerdan a la filosofía budista o a los Vedas tan en boga en la época— aparece mezclado con el estoicismo, se defiende la ataraxia como estado perfecto del sabio a quien le da lo mismo morir que vivir, porque ha comprendido que él no es tan importante como se creía, que sólo es una piececita del todo que va mucho más allá de lo que le envuelve, de ese todo que incluye pasado, presente y futuro desconocido, y así dejándose fluir sin ilusión —entendida como sinónimo de interpretación— alguna que le engañe, se coloca fuera del mundo, porque ha llegado a la comprensión del mundo, su alma no se deja, pues, afectar ya por las pasiones. Su vida es una no-vida y encuentra así la nada, se diluye, se desvanece.

El arte o la religión pueden ser vías de escape a la imposición de la voluntad de vivir, pero nunca definitivas; sólo en la negación mística que reposa en la castidad y en el alejamiento de la materialidad de las cosas el sabio o el santo encuentra el único refugio.

Mercedes Domínguez

METAFISICA DEL AMOR

¡Oh, vosotros los sabios de alta y profunda ciencia, que habéis meditado y que sabéis dónde, cuándo y cómo se une todo en la naturaleza, el por qué de todos esos amores y besos... vosotros, sabios sublimes, decídmelo! ¡Poned en el potro vuestro sutil ingenio y decidme dónde, cuándo y cómo me ocurrió amar, por qué me ocurrió amar!

BURGER.

Se está generalmente habituado a ver a los poetas ocuparse en pintar el amor. La pintura del amor es el principal asunto de todas las obras dramáticas, trágicas o cómicas, románticas o clásicas, en las Indias lo mismo que en Europa; es también el más fecundo de los asuntos para la poesía lírica, como para la poesía épica; sin hablar del incontable número de novelas que desde hace siglos se producen cada año en todos los países civilizados de Europa con tanta regularidad como los frutos de las estaciones. Todas esas obras no son en el fondo sino descripciones variadas y más o menos desarrolladas de esta pasión. Las pinturas más perfectas, *Romeo y Julieta, La Nueva Eloísa, Werther,* han adquirido una gloria inmortal. Es un gran error decir con La Rochefoucauld que sucede con el amor apasionado como con los espectros, de que todo el mundo habla y nadie ha visto; o bien, negar con Lichtenberg, en su *Ensayo sobre el poder del amor,* la realidad de esta pasión y el que esté conforme con la naturaleza. Porque es imposible concebir cómo un sentimiento extraño o contrario a la naturaleza humana, cómo un puro capricho, no se canse de pintarlo el genio de los poetas, ni la humanidad de acogerlo con una simpatía inquebrantable, puesto que sin verdad no hay arte cabal:

Rien n'est beau que le vrai; le vrai seul est aimable (1)

BOILEAU.

Por otra parte, la experiencia general, aunque no se renueva todos los días, prueba que, bajo el imperio de ciertas circunstancias, una inclinación viva y aun gobernable puede crecer y superar por su violencia a todas las demás pasiones, echar a un lado todas las consideraciones, vencer todos los

1) No hay nada bello sino lo verdadero; sólo lo verdadero merece amarse.

obstáculos con una fuerza y una perseverancia increíble, hasta el punto de arriesgar sin vacilación la vida por satisfacer su deceo, y hasta perderla si ese deseo es sin esperanza. No sólo en las novelas hay Werthers y Jacopo Ortis; todos los años pudieran señalarse en Europa lo menos media docena: *sed ignotis perierunt mortibus illi* (1), mueren desconocidos, y sus sufrimientos no tienen otro cronista sino el empleado que registra las defunciones, ni otros anales sino la sección de noticias de los periódicos. Las personas que leen los diarios franceses e ingleses certificarán la exactitud de esto que afirmo. Pero aún es más grande el número de los individuos a quienes esta pasión conduce al hospital de locos. Por último, se comprueban cada año diversos casos de doble suicidio, cuando dos amantes desesperados caen víctimas de las circunstancias exteriores que los separan; en cuanto a mí, nunca he comprendido cómo dos seres que se aman y creen hallar en ese amor la felicidad suprema no prefieren romper violentamente con todas las convenicones sociales y sufrir todo género de vergüenzas, más bien que abandonar la vida, renunciando a una ventura más allá de la cual no imaginan que exista más.

En cuanto a los grados inferiores, los ligeros ataques de esta pasión, todo el mundo los tiene a diario a la vista, y a poco joven que sea, la mayor parte del tiempo también en el corazón.

Por tanto, no es lícito dudar de la realidad del amor ni de su importancia. En vez de asombrarse de que el filósofo trate también de apoderarse

---

1) «Pero han tenido muertes desconocidas».

de esta cuestión, tema eterno para todos los poetas, más bien debiera sorprender que un asunto que representa en la vida humana un papel tan importante haya sido hasta ahora abandonado por los filósofos y se nos presente como una materia nueva. De todos los filósofos es Platón quien se ocupó más del amor, sobre todo en el *Banquete* y en *Fedro*. Lo que dijo acerca de este asunto entra en el dominio de los mitos, fábulas y juegos de ingenio, y sobre todo concierne al amor griego. Lo poco que de él dice Rousseau en el *Discurso sobre la desigualdad* es falso e insuficiente. Kant, en la tercera parte del *Tratado sobre el sentimiento de lo bello y de lo sublime,* toca tal asunto de una manera harto superficial y a veces inexacta, como quien no es muy ducho en él. Platner, en su antropología, no nos ofrece sino ideas medianas y corrientes. La definición de Spinoza merece citarse a causa de su extremada sencillez: *Amor est titillatio, concomitante idea causæ externae* (1). No tengo, pues, que servirme de mis predecesores, ni refutarlos. No por los libros, sino por la observación de la vida exterior, es como este asunto se ha impuesto a mí y ha ocupado puesto por sí mismo en el conjunto de mis consideraciones acerca del mundo.

No espero aprobación ni elogio por parte de los enamorados, que naturalmente propenden a expresar con las imágenes más sublimes y más etéreas la intensidad de sus sentimientos: a los tales mi punto de vista les parecerá demasiado físico, harto material, por metafísico y trascendente que sea en el fon-

---

1) «El amor es un cosquilleo acompañado por la idea de una causa externa» *(Eth,* IV, *prop.* 44 *ídem).*

do. Antes de juzgarme, que se den cuenta de que el objeto de su amor, el cual exaltan hoy en madrigales y sonetos, apenas hubiera obtenido de ellos una mirada si hubiese nacido dieciocho años antes.

Todo enamoramiento, port etéreo que afecte ser, sumerge en realidad todas sus raíces en el instinto sexual, y hasta no es otra cosa más que este instinto especializado, determinado, individualizado por completo. Sentado esto, si se observa el papel importante que representa el amor en todos sus grados y en todos sus matices, no sólo en las comedias, y novelas sino también en el mundo real, donde, junto con el amor a la vida, es el más poderoso y el más activo de todos los resortes; si se piensa en que de continuo ocupa las fuerzas de la parte más joven de la humanidad, que es el fin último de casi todo esfuerzo humano, que tiene una influencia perturbadora sobre los más importantes negocios, que interrumpe a todas horas las ocupaciones más serias, que a veces hace cometer tonterías a los más grandes ingenios, que no tiene escrúpulos en lanzar sus frivolidades a través de las negociaciones diplomáticas y de los trabajos de los sabios, que tiene maña para deslizar sus dulces esquelas y sus mechoncitos de cabellos hasta en las carteras de los ministros y los manuscritos de los filósofos, lo cual no le impide ser a diario el promovedor de los asuntos más malos y embrollados, que rompe las relaciones más preciosas, quiebra los vínculos más sólidos, que elige por víctimas ya la vida o la salud, ya la riqueza, la alcurnia o la felicidad, que hace del hombre honrado un hombre sin honor, del fiel un traidor, que parece ser así como un malhechor demonio que se esfuerza en trastornarlo todo, en embrollarlo todo, en destruirlo todo —entonces estamos prontos a exclamar: «¿Por qué tanto ruido? ¿Por qué esos esfuerzos, esos arrebatos, esas ansiedades y esa miseria?» Pues no se trata más que de una cosa muy sencilla, sólo se trata de que cada macho se ayunte con su hembra. ¿Por qué tal futilidad ha de representar un papel tan importante e introducir de continuo el trastorno y el desarreglo en la bien ordenada vida de los hombres?

Mas para el pensador serio, el espíritu de la verdad descorre poco a poco el velo de esta respuesta: no se trata de una fruslería; lejos de eso, la importancia de la cuestión es igual a la formalidad y el ímpetu de la persecución. El fin definitivo de toda empresa amorosa, lo mismo si se inclina a lo trágico que a lo cómico, es, en realidad, entre los diversos fines de la vida humana, el más grave e importante, y merece la profunda seriedad con que cada uno lo persigue. En efecto; se trata nada menos que de la *composición de la próxima generación*. Los *dramatis personæ,* los actores que entrarán en escena cuando salgamos nosotros, se encontrarán así determinados en su existencia y en su naturaleza por esta pasión tan frívola. Lo mismo que el ser, la *existentia* de esas personas futuras por condición absoluta, el instituto del amor en general, la naturaleza propia de su carácter, su *esentia,* depende en absoluto de la elección individual por el amor de los sexos, y se encuentra así irrevocablemente fijada desde todos los puntos de vista. He aquí la clave del problema; la conoceremos mejor cuando hayamos recorrido todos los grados del amor, desde la inclinación más fugitiva hasta la pasión más vehemente; entonces reconoceremos que su diversidad nace del grado de la individualización en la elección.

Todas las pasiones amorosas de la generación presente no son, pues, para la humanidad entera más que una *meditatio compositionis generationis futuræ, e qua iterum pendent innumeræ generationes* (1). Ya no se trata, en efecto, como en las otras pasiones humanas, de una desventaja o una ventaja individual, sino de la existencia y erspecial constitución de la humanidad futura; en este caso alcanza su más alto poderío la voluntad individual, que se transforma en voluntad de la especie.

En este gran interés se fundan lo patético y lo sublime del amor, sus transportes, sus dolores infinitos, que desde millares de siglos no se cansan los poetas de representar con ejemplos sin cuento. ¿Qué otro asunto pudiera aventajar en interés al que atañe al bien o al mal de la especie? Porque el individuo es a la especie lo que la superficie de los cuerpos a los cuerpos mismos. Esto es lo que hace que sea tan difícil dar interés a un drama sin mezclar en él una intriga amorosa; y, sin embargo, a pesar del uso diario que de él se hace, nunca se agota el asunto.

Cuando el instinto de los sexos se manifiesta en la conciencia individual de una manera vaga y genérica, sin determinación precisa, lo que aparece, fuera de todo fenómeno, es la voluntad absoluta de vivir. Lo que en la conciencia individual se manifiesta como instinto sexual en general, sin dirección hacia un determinado individuo del otro sexo,

---

1) «Meditación sobre la composición de la generación venidera, de la cual a su vez dependen innumerables generaciones».

eso no es en el fondo sino una misma voluntad que aspira a vivir en un ser nuevo y distinto. Y en este caso, el instinto del amor, por completo subjetivo, ilusiona a la conciencia y sabe muy bien ponerse el antifaz de una admiración objetiva. Porque la naturaleza necesita de esa estratagema para lograr sus fines. Por desinteresada e ideal que pueda parecer la admiración por una persona amada, el objetivo final es, enrealidad, la creación de un ser nuevo, de determinada índole; y lo que lo prueba así, es que el amor no se contenta con un sentimiento recíproco, sino que exige la posesión misma, lo esencial, es decir, el goce físico. La certidumbre de ser amado no podría consolar de la privación de aquella a quien se ama; y, en semejante caso, más de un amante se ha saltado la tapa de los sesos. Por el contrario, sucede, que, no pudiendo ser pagadas con la misma moneda, gentes muy enamoradas se contentan con la posesión, es decir, con el goce físico. En este caso se hallan todos los matrimonios contraídos por fuerza. los amores venales o los obtenidos con violencia. El que cierto hijo sea engendrado: ese es el fin único y verdadero de toda novela de amor, aunque los enamorados no lo sospechen; la intriga que conduce al desenlace es cosa accesoria.

Las almas nobles, sentimentales, tiernamente enamoradas, protestarán aquí lo que quieran contra el áspero realismo de mi doctrina; sus protestas no tienen razón de ser. La constitución y determinación de los caracteres de las generaciones futuras, ¿no es un fin infinitamente más elevado, infinitamente más noble que sus sentimientos imposibles, entre todos los fines que se propone la vida humana, puede haber alguno más considerable? Sólo él explica los profundos ardores del amor, la gravedad del papel que representa, la importancia que comunica a los más ligeros incidentes. No hay que perder de vista este fin real, si se quiere explicar tantas maniobras, tantos rodeos y esfuerzos, y esos tormentos infinitos para conseguir al ser amado, cuando al pronto parecen tan desproporcionados. Es la generación venidera, que con su determinación absolutamente individual, empuja hacia la existencia a través de esos trabajos y esfuerzos.

Sí, es ella misma quien se agita, ya en la elección circunspecta, determinada, pertinaz, que trata de satisfacer ese instinto llamado amor; es ya la voluntad de vivir del nuevo individuo que los amantes pueden y desean engendrar; ¿qué digo? en el entrecruzamiento de sus miradas preñadas de deseos enciéndese ya una vida nueva, se anuncia un ser futuro; creación completa y armoniosa. Aspiran a una unión verdadera, a la fusión en un solo ser; este ser que van a engendrar será como la prolongación de su existencia y la plenitud de ella; en él continúan viviendo reunidas y fusionadas las cualidades hereditarias de los padres. Por el contrario, una antipatía recíproca y tenaz entre un hombre y una muchacha es señal de que no podrían engendrar sino un ser mal constituido, sin armonía y desgraciado. Por eso Calderón, con profundo sentido, representa a la cruel Semíramis, a quien llama una hija del aire, como fruto de una violación a la cual ha de seguir el asesinato del esposo.

Esta soberana fuerza, que atrae exclusivamente uno hacia otro a dos individuos de distinto sexo, es la voluntad de vivir, manifiesta en toda la especie; trata de realizarse según sus fines en el hijo que debe nacer de ellos; tendrá del padre la voluntad o el carácter, de la madre la inteligencia, de ambos la constitución física; y, sin embargo, las facciones reproducirán más bien las del padre, la estatura recordará más bien la de la madre... Si es difícil explicar el carácter enteramente especial y exclusivamente individual de cada hombre, no es menos difícil comprender el sentimiento asimismo particular y exclusivo que arrastra a dos personas una hacia otra; en el fondo, esas dos cosas no son más que una sola. La pasión es implícitamente lo que la individualidad es explícitamente. El primer paso hacia la existencia, el verdadero *punctum saliens* de la vida, es, en realidad, el instante en que nuestros padres comienzan a amarse —*to fancy each other* (1), según una admirable expresión inglesa—; y, como llevamos dicho, del encuentro y adhesión de sus ardientes miradas nace el primer germen del nuevo ser, germen frágil, pronto a desaparecer como todos los gérmenes. Este nuevo individuo es, en cierto modo, una idea platónica; y como todas las ideas hacen un esfuerzo violento para conseguir manifestarse en el mundo de los fenómenos, ávidas de apoderarse de la materia que la ley de causalidad les entrega como patrimonio, así también esta idea particular de una individualidad humana tiende con violencia y ardor extremados a realizarse en un fenómeno. Esta energía, este ímpetu es precisamente la pasión que lo futuros padres experimentan el uno por el otro. Tiene grados infinitos, cuyos dos extremos pudieran designarse con el nombre de amor

---

1) «Encapricharse cada uno por el otro».

vulgar, y de amor divino (1), pero, en cuanto a la esencia del amor, es en todas partes y siempre el mismo. En sus diversos grados, es tanto más poderoso cuanto más individualizado; en otros términos: es tanto más fuerte cuanto, por todas sus cualidades y maneras de ser la persona amada, con exclusión de cualquiera otra, sea más capaz de corresponder a la aspiración particular y a la determinada necesidad que ha hecho nacer en aquel que la ama.

El amor, por su esencia y por primer impulso, se mueve hacia la salud, la fuerza y la belleza, hacia la juventud, que es la expresión de ellas, porque la voluntad desea ante todo crear seres capaces de vivir con el carácter integral de la especie humana; el amor vulgar no va más lejos. Luego vienen otras exigencias más especiales, que agrandan y fortalecen la pasión. No hay amor patente sino en la conformidad perfecta de dos seres... Y como no hay dos seres semejantes en absoluto, cada hombre debe buscar en cierta mujer las cualidades que mejor corresponden a sus cualidades propias, siempre desde el punto de vista de los hijos por nacer. Cuanto más raro es este hallazgo, más raro es también el amor verdaderamente apasionado. Y precisamente porque cada uno de nosotros tiene en potencia ese gran amor, por eso comprendemos la pintura que de él nos hace el genio de los poetas.

Precisamente porque esta pasión del amor gira en realidad de un modo exclusivo en torno al ser futuro y a las cualidades que debe tener, puede ocurrir que entre un hombre y una mujer jóvenes,

---

1) Referencia las dos Venus, la Venus celestial y la llamada Venus popular.

agradables, bien formados y simpáticos, haga nacer una amistad extraña al amor; y puede que en este último punto haya entre ellos cierta antipatía. La razón de ello debe buscarse en que el hijo que naciese de ellos estaría falto de armonía intelectual o física, en una palabra, que su existencia y su constitución no corresponderían a los planes que se propone la voluntad de vivir, en interés de la especie. Puede ocurrir, por el contrario, que, a despecho de la semejanza de sentimientos, de carácter y de espíritu, a despecho de la repugnancia y hasta de la aversión que resulten, nazca y subsista, sin embargo, el amor, en cuyo caso oculta esas incompatibilidades. Si de eso resulta un enlace conyugal, el matrimonio será necesariamente muy desgraciado.

Vayamos ahora al fondo de las cosas.

El egoísmo tiene en cada hombre raíces tan hondas, que los motivos egoístas son los únicos con que puede contarse de seguro para excitar la actividad de un ser individual.

Cierto es que la especie tiene sobre el individuo un derecho anterior, más inmediato y más considerable que la individualidad efímera. Sin embargo, cuando es preciso que el individuo obre y se sacrifique por el sostenimiento y el desarrollo de la especie, le cuesta trabajo a su inteligencia, dirigida toda ella hacia las aspiraciones individuales, comprender la necesidad de ese sacrificio y someterse a él en seguida.

Para alcanzar su fin es preciso, pues, que la naturaleza embauque al individuo con alguna añagaza, en virtud de la cual vea, iluso, su propia ventura en lo que en realidad sólo es el bien de la especie; el individuo se hace así esclavo inconsciente de la naturaleza en el momento en que sólo cree obedecer a sus propios deseos. Una pura quimera, al punto desvanecida, flota ante sus ojos y le hace obrar. Esta ilusión no es más que el *instinto* . En la mayoría de los casos *representa el sentido de la especie,* los intereses de la especie ante la voluntad. Pero como aquí la voluntad se ha hecho individual, debe ser engañada, de tal suerte, que perciba por el sentido del individuo los propósitos que sobre ella tiene el sentido de la especie; así, cree trabajar en provecho del individuo, al paso que, en realidad, sólo trabaja para la especie, en su sentido más estricto.

En el animal es donde el instinto representa el mayor papel, y donde mejor pueden observarse sus manifestaciones exteriores; en cuanto a las vías secretas del instinto, como respecto a todo lo que es interior, sólo podemos aprender a conocerlas en nosotros mismos.

Imagínase, en verdad, que el instinto tiene poco imperio sobre el hombre, o, por lo menos, que no se manifiesta nada más que en el recién nacido, que trata de coger la teta de su madre. Pero, en realidad, hay un instinto muy determinado, muy manifiesto, y sobre todo muy complejo, que nos guía en la elección tan fina, tan seria, tan particular, de la persona a quien se ama, y la posesión de la cual se apetece.

Si el placer de los sentidos no ocultase más que la satisfacción de una necesidad imperiosa, sería indiferente la hermosura o la fealdad del otro individuo. La apasionada rebusca de la belleza, el precio que se le concede, la selección que en ello se pone, no conciernen, pues, al interés personal de quien elige, aun cuando así se lo figure él, sino evidentemente al interés del ser futuro, en el que importa mantener lo más posible íntegro y puro el tipo de la especie.

En efecto, mil accidentes físicos y mil deformidades morales pueden producir una desviación de la figura humana; sin embargo, el verdadero tipo humano restablécese de nuevo en todas sus partes, gracias a ese sentido de la belleza que domina siempre y dirige el instinto de los sexos, sin lo cual el amor no sería más que una necesidad irritante.

Así, pues, no hay hombre que en primer término no desee con ardor y no prefiera las más hermosas criaturas, porque realizan el tipo más puro de la especie; después buscará sobre todo las cualidades que le faltan, o a veces las imperfecciones opuestas a las suyas propias, y que le parecerán bellezas; de ahí proviene, por ejemplo, el que las mujeronas gusten a los hombrecillos, que los rubios amen a las morenas, etc.

El entusiasmo vertiginoso que se apodera del hombre a la vista de una mujer cuya hermosura responde a su ideal y hace lucir ante sus ojos el espejismo de la suprema felicidad si se une con ella, no es otra cosa sino el sentido de la especie que reconoce su sello claro y brillante, y que apetecería perpetuarse por ella...

Estas consideraciones arrojan viva luz sobre la naturaleza íntima de todo instinto; como se ve aquí, su papel consiste casi siempre en hacer que el individuo se mueva por el bien de la especie. Porque evidentemente, la solicitud de un insecto por hallar cierta flor, cierto fruto, un excremento o un trozo de carne, o bien, como el *Ichneumon,* la larva de otro insecto para depositar allí sus huevos y no en otra parte ninguna y su indiferencia por la dificultad o por el peligro cuando se trata de lograrlo, son muy análogos a la preferencia exclusiva de un hombre por cierta mujer, aquella cuya naturaleza individual se corresponde con la suya. La busca con tan apasionado celo, que antes de ver que no consigue su objetivo, con menosprecio de toda razón, sacrifica a menudo la felicidad de su vida; no retrocede ante un matrimonio insensato, ni ante relaciones ruinosas, ni ante el deshonor, ni ante actos criminales, adulterio o violación; y eso únicamente por servir a los fines de la especie, bajo la soberana ley de la naturaleza, a expensas hasta del individuo. Por todas partes parece dirigido el instinto por una intención individual, siendo así que es en un todo extraño a ella. La naturaleza hace surgir el instinto siempre que el individuo, entregado a sí mismo, sería incapaz de comprender las miras de ella o estaría dispuesto a resistirlas; he aquí por qué ha sido dado el instinto a los animales, y sobre todo a los animales inferiores más desprovistos de inteligencia; pero el hombre no le está sometido sino en el caso especial que nos ocupa. Y no es porque el hombre sea incapaz de comprender los fines de la naturaleza, sino porque tal vez no los perseguiría con todo el celo necesario, aun a expensas de su dicha particular.

Así, en este instinto, como en todos los demás, la verdad se disfraza de ilusión para influir en la voluntad. Una ilusión de voluptuosidad es lo que hace refulgir a los ojos del hombre la embaucadora imagen de una felicidad soberana en los brazos de la belleza, no igualada por ninguna otra humana criatura ante sus ojos; ilusión también cuando se imagina que la posesión de un solo ser en el mundo le otorga de seguro una dicha sin medida y sin límites. Figúrase que sacrifica afanes y esfuerzos en pro sólo de su propio goce, mientras que en realidad no trabaja más que por mantener el tipo integral de la especie, por crear cierto individuo enteramente determinado, que necesita de esa unión para realizarse y llegar a la existencia. De tal modo es así, que el carácter del instinto es el de obrar en vista de una finalidad de que, sin embargo, no se tiene idea; que impelido el hombre por la ilusión que le posee tiene a veces horror al objetivo adonde va guiado, que es la procreación de los seres, y hasta quisiera oponerse a él: este caso acontece en casi todos los amores ilícitos. Una vez satisfecha su pasión, todo amante experimenta un especial desengaño: se asombra de que el objeto de tantos deseos apasionados no le proporcione más que un placer efímero, seguido de un rápido desencanto. En efecto, ese deseo es a los otros deseos que agitan el corazón del hombre, como la especie es al individuo, como el infinito es a lo finito.

Por el contrario, sólo la especie se aprovecha de la satisfacción de ese deseo, pero el individuo no tiene conciencia de ello; todos los sacrificios que se ha impuesto, impulsado por el genio de la especie, han servido para un fin que no es el suyo propio. Por eso todo amante, una vez realizada la grande obra de la naturaleza, se llama a engaño; porque la ilusión que le hacía víctima de la especie se ha desvanecido. Platón dice muy bien, *Voluptas omnium maxime vaniloqua* (1).

1) «El placer es lo más charlatán de todo».

Estas consideraciones dan nueva luz acerca de los instintos y el sentido estético de los animales. También son esclavos ellos de esa especie de ilusión que hace brillar ante sus ojos el engañoso espejismo de su propio goce, mientras tan asiduamente y con tan absoluto desinterés trabajan en pro de la especie: así fabrica su nido el ave, y así busca el insecto el propicio lugar donde poner sus huevos, o bien se entrega a la caza de una presa de que él mismo no ha de gozar nunca, sino servir de alimento a las futuras larvas, y la cual coloca junto a los huevos; así la abeja, la avispa, la hormiga, trabajan en sus construcciones futuras y toman las más complicadas disposiciones. Lo que dirige a todos estos bichos es evidentemente una ilusión que pone al servicio de la especie el antifaz de un interés egoísta. Tal es la única explicación verosímil del fenómeno interno y subjetivo que dirige las manifestaciones del instinto. Pero, al ver las cosas desde fuera, advertimos en los animales más esclavos del instinto, sobre todo en los insectos, un predominio del sistema ganglional, es decir, del sistema nervioso subjetivo, sobre el sistema cerebral u objetivo; de donde es preciso inducir que los animales, no tanto son impelidos por una inteligencia objetiva y exacta, cuanto por representaciones subjetivas excitantes de deseos que nacen de la acción del sistema ganglional sobre el cerebro; lo cual prueba que también ellos están bajo el imperio de una especie de ilusión, y tal será la marcha fisiológica de todo instinto.

Como aclaración, mencionaré también otro ejemplo del instinto en el hombre, si bien es cierto que menos característico, y es el apetito caprichoso de las mujeres encintas. Parece nacer de que el crecimiento del embrión exige a veces una modificación particular o determinada de la sangre que a él afluye: entonces el alimento más favorable preséntase al punto al espíritu de la mujer encinta como el objeto de un vivo antojo; también hay en esto una ilusión. Parece, pues, que la mujer tiene un instinto más que el hombre; también está más desarrollado en ella el sistema ganglionar.

El excesivo predominio del cerebro explica cómo tiene el hombre menos instinto que los animales, y cómo sus instintos pueden extraviarse algunas veces. Así, por ejemplo, el sentido de la belleza que dirige la selección al ir en busca del amor, se extravía cuando degenera en vicio *contra natura;* asimismo cierta mosca *(Musa vomitoria)* en lugar de poner sus huevos conforme a su instinto en una carne en descomposición, los deposita en la flor del *Arum dracumculus,* extraviada por el olor cadavérico de esta planta.

El amor tiene, pues, por fundamento un instinto dirigido a la reproducción de la especie; esta verdad nos parecerá clara hasta la evidencia, si examinamos la cuestión con detalles, como vamos a hacerlo.

Ante todo, preciso es considerar que el hombre propende por naturaleza a la inconstancia en el amor, y la mujer a la fidelidad. El amor del hombre disminuye de una manera perceptible a partir del instante en que ha obtenido satisfacción; parece que cualquier otra mujer tiene más atractivo que la que posee; aspira al cambio. Por el contrario, el amor de la mujer crece a partir de ese instante. Esto es una consecuencia del objetivo de la naturaleza, que se encamina al sostén, y, por tanto, al crecimiento más considerable posible de la especie. En efecto, el hombre con facilidad puede engendrar más de cien hijos en un año, si tiene otras tantas mujeres a su disposición; la mujer, por el contrario, aunque tuviese otros tantos varones a su disposición, no podría dar a luz más que un hijo al año, salvo los gemelos. Por eso anda el hombre siempre en busca de otras mujeres, al paso que la mujer permanece fiel a un solo hombre, porque la naturaleza la impele, por instinto y sin reflexión a conservar junto a ella a quien debe alimentar y proteger a la futura familia menuda. De aquí resulta que la fidelidad en el matrimonio es artificial para el hombre y natural en la mujer; y, por consiguiente, a causa de sus consecuencias y por ser contrario a la naturaleza, el adulterio de la mujer es mucho menos perdonable que el del hombre.

Quiero llegar al fondo de las cosas y acabar de convenceros, probándoos que por objetivo que pueda parecer el gusto por las mujeres, no es, sin embargo, más que un instinto disfrazado; es decir: el sentido de la especie, que se esfuerza en mantener el tipo de ella. Debemos investigar más de cerca y examinar más especialmente las consideraciones que nos dirigen a perseguir ese placer, por extraña figura que hagan en una obra filosófica los detalles que vamos a indicar aquí. Estas consideraciones se dividen como sigue: en primer término, las que conciernen directamente al tipo de la especie, es decir, la belleza; las que atienden a las cualidades psíquicas, y, por último, las consideraciones puramente relativas, la necesidad de corregir unas por otras las disposiciones particulares y anormales de los dos individuos procreadores. Examinemos por separado cada una de esas divisiones.

La primera consideración que nos dirige al simpatizar y elegir es la de la *edad*. En general, la mujer que elegimos se encuentra en los años comprendidos entre el final y el comienzo del flujo menstruo; por tanto, damos decisiva preferencia al período que media entre las edades de dieciocho y veintiocho años. No nos atrae ninguna mujer fuera de las precedentes condiciones. Una mujer de edad, es decir, incapaz de tener hijos, no nos inspira más que un sentimiento de aversión. La juventud sin belleza tiene siempre atractivo; ya no lo tiene la hermosura sin juventud.

Con toda evidencia, la inconsciente intención que nos guía no es otra sino la posibilidad general de tener hijos; por consiguiente, todo individuo pierde en atractivo para el otro sexo, según se encuentre más o menos alejado del período propio para la generación o la concepción.

La segunda consideración es la *salud:* las enfermedades agudas no turban nuestras inclinaciones sino de un modo transitorio; por el contrario, las enfermedades crónicas, las caquexias, asustan o apartan, porque se transmiten a los hijos.

La tercera consideración es el *esqueleto,* porque es el fundamento del tipo de la especie. Después de la edad y de la enfermedad, nada nos aleja tanto como una conformación defectuosa: ni aun el rostro más hermoso podría indemnizarnos de un talle desviado; hay más, siempre será preferido un rostro feo sobre un torso recto. Un defecto del esqueleto es lo que siempre os choca más; por ejemplo, un talle rechoncho y enano, piernas demasiado cortas o el andar cojeando, si no es como consecuencia de un accidente exterior. Por el contrario, un cuerpo notablemente hermoso compensa muchos defectos, nos hechiza. La extremada importancia que damos todos a los pies menudos tiene también relación con estas consideraciones; en efecto, son un carácter esencial de la especie, pues no hay animal ninguno que tenga tan pequeños como el hombre el tarso y el metatarso juntos, lo que depende de su paso en actitud vertical; es un plantígrado. *Jesús Sirach* dice a este propósito (*Eclesiástico* 26, 23, según la traducción corregida de *Kraus*): «Una mujer de buenas formas y bonitos pies, es como columnas de oro sobre zócalos de plata». No es menor la importancia de los dientes, porque sirven para la nutrición y son especialmente hereditarios.

La cuarta consideración es cierta plenitud de *carnes,* es decir, el predominio de la facultad vegetativa, de la plasticidad, porque ésta promete al feto un alimento rico; por eso una mujer alta y flaca es repulsiva de sorprendente modo. Los pechos bien redondos y de buena forma ejercen una notable fascinación sobre los hombres, porque, hallándose en relación directa con las funciones genésicas en la mujer, prometen rico alimento al recién nacido. Por el contrario, mujeres gordas con exceso excitan repugnancia en nosotros, porque ese estado morboso es un signo de atrofia del útero, y, por consiguiente, una señal de esterilidad; no es la inteligencia quien sabe esto, es el instinto.

La belleza de la cara no se toma en consideración sino en el último lugar. También aquí, lo que ante todo choca más, es la parte ósea; más que nada se busca una nariz bien hecha, al paso que una nariz corta, arremangada, lo desluce todo. Una ligera inclinación de la nariz hacia arriba o hacia abajo ha decidido de la suerte de infinidad de mujeres jóvenes, y con razón, porque se trata de mantener el tipo de la especie. La pequeñez de la boca, formada por unos huesos maxilares pequeños, es esencialísima como carácter específico del rostro humano, en oposición al hocico de los demás animales. La barba escurrida, y, digámoslo así, amputada, es particularmente repulsiva, porque un rasgo característico de nuestra especie es la barbilla prominente, *menitum prominentum* (1) En el último término, se consideran los ojos y la frente hermosos, los cuales se relacionan con las cualidades psíquicas, sobre todo con las cualidades intelectuales, que forman parte de la herencia por la madre.

Naturalmente, no podemos enumerar con tanta exactitud las consideraciones inconscientes a las cuales se adhiere la inclinación de la mujer. He aquí lo que, de una manera general, puede afirmarse. Prefieren a cualquiera otra la edad de treinta y treinta y cinco años, aun a la de los hombres jóvenes que, sin embargo, representan la flor de la belleza masculina. La causa de eso es que se guían, no por el gusto, sino por el instinto, que reconoce en esos años el apogeo de la *potencia genésica*. En general, hacen muy poco caso de la hermosura, sobre todo de la del rostro, como si ellas solas se encargasen de trasmitirla al hijo. La fuerza y la valentía del hombre son, sobre todo, quienes conquistan su corazón, porque estas cualidades prometen una generación de robustos hijos y parecen asegurarles para lo venidero un

1) «Mentón prominente».

a la inteligencia por medios artificiales, lo mismo que, si viene al caso, tratan de desarrollar las caderas y el pecho.

Advirtamos que sólo se trata aquí del atractivo por instinto e inmediato, único que da origen a la verdadera pasión del amor. Que una mujer inteligente e instruida aprecie la inteligencia y el talento en un hombre, que un hombre razonable y reflexivo pruebe el carácter de su prometida y lo tenga en cuenta, eso nada hace para el asunto de que aquí tratamos: así procede la razón en el matrimonio cuando es ella quien elige, pero no el amor apasionado, único que nos ocupa.

Hasta ahora no he tenido en cuenta sino consideraciones absolutas, es decir, de un efecto general; paso ahora a las consideraciones relativas, que son individuales, porque en este caso el fin es rectificar el tipo de la especie ya alterado, corregir los extravíos de tipo que la misma persona que elige tiene ya, y volver así a una pura representación de aquel tipo. Cada cual ama precisamente lo que le falta. La elección individual, que se funda en estas consideraciones por completo relativas, es mucho más determinada, más resuelta y más exclusiva, que la elección fundada sólo en condiciones absolutas; de estas consideraciones relativas nace, por lo común, el amor apasionado, mientras que los amores comunes y pasajeros sólo se guían por consideraciones absolutas. No siempre es la hermosura perfecta y cabal quien inflama las grandes pasiones. Para una inclinación verdaderamente apasionada, se necesita una condición que sólo podemos expresar por una metáfora tomada de la química. Las dos personas deben neutralizarse una a otra, como un ácido y un álcali forman una sal neutra. Toda constitución sexual es una constitución incompleta: la imperfección varía según los individuos. En uno y otro sexo, cada ser no es más que una parte incompleta e imperfecta del todo. Pero esta parte puede ser más o menos considerable según las naturalezas. Por eso cada individuo encuentra su complemento natural en cierto individuo del otro sexo, que representa en cierto modo la fracción indispensable para el tipo completo, que lo concluye y neutraliza sus defectos, y produce un tipo cabal de la humanidad en el nuevo individuo que debe nacer; porque todo conspira sin cesar a la constitución de ese ser futuro. Los fisiólogos saben que la sexualidad en el hombre y en la mujer tiene innumerables grados: la virilidad puede descender hasta el horrible ginandro, hasta el hipospadias; asimismo hay en las mujeres graciosos andróginos; los dos sexos pueden llegar al hermafroditismo completo, y estos individuos, que constituyen el justo medio entre los dos sexos y no forman parte de ninguno, son incapaces de reproducirse. Para la neutralización de dos individualidades una por otra, es preciso que el determinado grado de sexualidad en cierto hombre corresponda exactamente al grado de sexualidad en cierta mujer, a fin de que esas dos disposiciones parciales se compensen mutuamente con exactitud. se compensen la una a la otra con exactitud.

Así es que el hombre más viril buscará a la mujer más femenina, y viceversa. Los amantes miden por instinto esta parte proporcional necesaria a cada uno de ellos, y ese cálculo inconsciente se encuentra con las demás consideraciones en el fondo de toda gran pasión. Por eso, cuando los enamorados hablan con tono patético de la armonía de sus almas, casi siempre debe sobreentenderse la armonía de las cualidades físicas propias de cada sexo, y de tal naturaleza que puedan engendrar un ser perfecto, armonía que importa mucho más que el concierto de sus almas, el cual, después de la ceremonia, suele convertirse en chillona discordancia. Unense a esto las consideraciones relativas más lejanas, que se fundan en el hecho de que cada cual se esfuerza por neutralizar, por medio de la otra persona, sus debilidades, sus imperfecciones y todos los extravíos del tipo normal, por temor a que se perpetúen en el hijo futuro, o de que se exageren y lleguen a ser deformidades. Cuanto más débil es un hombre desde el punto de vista de la fuerza muscular, más buscará mujeres fuertes; y la mujer obrará lo mismo. Pero, como es una ley de la naturaleza que la mujer tenga una fuerza muscular menor, también está en la naturaleza el que las mujeres prefieran a los hombres robustos. La estatura es también una consideración importante. Los hombres bajitos tienen decidida inclinación a las mujeres sargentonas, y recíprocamente... La aversión de las mujeres grandes por los hombres grandes está en el fondo de las miras de la naturaleza, a fin de evitar una raza gigantesca, cuando la fuerza transmitida por la madre sería demasiado débil para asegurar larga duración a esta raza excepcional. Si una mocetona elige por marido a un mocetón, entre otros móviles por hacer mejor figura en sociedad, sus descendientes expiarán esta locura... Hasta en las diversas partes del cuerpo busca cada cual un correctivo a sus defectos, a sus desviaciones, con tanto mayor cuidado cuanto más importante sea la parte. Por ejemplo: las personas de nariz chata contemplan con inexplicable placer una nariz aguileña, un perfil de loro; y así por el estilo. Los hombres de formas escuálidas, de largo esqueleto, admiran a una personilla que cabe bajo una taza, y corta con exceso. Lo mismo sucede con el temperamento: cada cual prefiere el opuesto al suyo, y su preferencia es proporcional siempre a la energía de su propio temperamento. Y no es que una persona perfecta en alguna de sus partes ame las imperfecciones contrarias, sino que las soporta con más facilidad de lo que otras las soportarían; porque los hijos encuentran en esas cualidades una garantía contra una imperfección más grande. Por ejemplo; una persona muy blanca no sentirá repugnancia por un tinte aceitunado; pero a los ojos de una persona de tez negruzca, un tinte de una blancura deslumbradora, parece divinamente hermoso. Hay casos excepcionales en que un hombre puede prendarse de una mujer decididamente fea: conforme a nuestra ley de concordancia de los sexos, cuando el conjunto de los defectos e irregularidades físicos de la mujer son exactamente lo opuesto, y, por consiguiente, el correctivo de los del hombre. Entonces llega la pasión, por lo general, a un grado extraordinario...

Sin sospecharlo, el individuo obedece en todo esto una orden superior, la de la especie; de aquí la importancia que otorga a ciertas cosas, las cuales pudieran y debieran serle indiferentes como individuo. Nada hay tan extraño como la seriedad profunda e inconsciente con que se observan uno a otro dos jóvenes de diferente sexo que se ven por vez primera, la mirada inquisidora y penetrante que uno a otro se dirigen, la minuciosa inspección que todas las facciones y todas las partes de sus personas respectivas tienen que afrontar. Esta búsqueda, este examen es *la meditación del genio de la especie* sobre el hijo que podrían procrear y la combinación de sus elementos constitutivos. El resultado de esta meditación determinará el grado de su inclinación mutua y de sus recíprocos deseos. Después de alcanzar cierto grado, ese primer impulso puede suspenderse de pronto, por el descubrimiento de algún detalle inadvertido hasta entonces. Así medita el genio de la especie la generación futura; y la gran labor de Cupido, que especula, se ingenia y obra sin cesar, consiste en preparar la constitución de aquélla. Poco importa la ventaja de los efímeros individuos ante los grandes intereses de la especie entera, presente y futura: el dios está siempre dispuesto a sacrificar los primeros sin compasión. Porque el genio de la especie es relativamente a los individuos como un inmortal es a los mortales; y sus intereses son a los de los hombres como el infinito es a lo finito. Sabiendo, pues, que administra bienes superiores a todos los que sólo conciernen a un bien o un mal individual, los gestiona con una impasibilidad suprema, en medio del tumulto de la guerra, en la agitación de los negocios, a través de los horrores de una parte, y aun los persigue hasta en el retiro del claustro.

Más atrás hemos visto que la intensidad del amor crece conforme se individualiza. Lo hemos probado: la constitución física de dos individuos puede ser tal que, para mejorar el tipo de la especie y devolverle toda su pureza, uno de esos individuos deba ser el complemento del otro. Un deseo mutuo y exclusivo los atrae entonces; y sólo por el hecho de fijarse en un objeto único y que representa al mismo tiempo una misión especial de la especie, ese deseo adquiere al punto un carácter noble y elevado. Por la razón opuesta, el puro instinto sexual es un instinto vulgar, porque no se dirige a un individuo único, sino a todos; y sólo trata de conservar la especie por el número nada más y sin preocuparse de la calidad. Cuando el amor aficiona a un ser único, logra entonces tal intensidad, tal grado de pasión, que si no puede ser satisfecho, pierden su valor todos los bienes del mundo y la misma vida. Es una pasión de una violencia sin igual, que no retrocede ante ningún sacrificio y puede conducir a la locura o al suicidio. Las causas inconscientes de una pasión tan excesiva deben diferir de las que hemos puesto en claro más arriba, y son menos aparentes. Preciso es que admitamos que aquí no se trata sólo de adaptación física, sino que, además, la voluntad del hombre y la inteligencia de la mujer tienen entre sí una concordancia especial, que hace que sólo ellos puedan engendrar cierto ser enteramente determinado; la existencia de ese ser es lo que tiene aquí por punto de mira el genio de la especie, por razones ocultas en la cosa en sí, y que no son accesibles: la voluntad de vivir desea en este caso objetivarse en un individuo exactamente predeterminado y que sólo puede engendrar ese padre unido a esta madre. Ese deseo metafísico de la voluntad en sí no tiene desde luego otra esfera de acción en la serie de los seres más que los corazones de los futuros padres: arrebatados por este impulso, se imaginan no desear sino para sí mismos lo que sólo tiene una finalidad puramente metafísica, es decir, fuera del círculo de las cosas existentes en realidad. Así, pues, de la fuente original de todos los seres brota esa aspiración de un ser futuro, que encuentra la ocasión única para llegar a la vida, y esta aspiración se manifiesta en la realidad de las cosas por la pasión elevada y exclusiva de los padres futuros uno por otro; en el fondo, ilusión sin igual que impulsa a un enamorado a sacrificar todos los bienes de la tierra por unirse a esa mujer —y, sin embargo, en verdad no puede darle ella ninguna cosa más que otra mujer. Tal es el único fin que se persigue; y prueba de ello es que esta pasión se extingue con el goce, lo mismo que las demás, con gran asombro de los interesados.

También se extingue cuando, hallándose estéril la mujer (lo que, según Hufeland, puede resultar de diecinueve vicios de constitución accidentales), se desvanece el fin metafísico; millones de gérmenes desaparecen así cada día, en los cuales, no obstante, aspira también al ser el mismo principio metafísico de la vida. Para esto no hay consuelo alguno, a no ser el de que la voluntad de vivir dispone del infinito en el espacio, en el tiempo y en la materia, y que tiene abierta una ocasión inagotable de volver...

Paracelso, que no se ha ocupado de este tema y difiere en su pensamiento del mío, entrevió, al menos fugazmente, la opinión aquí expuesta. En un contexto totalmente distrito y con su peculiar estilo ha anotado la siguiente asombrosa afirmación.

«Hi sunt, quos Deos copulavit, ut eam; quae fuit Uriae et David; quamvis ex diametro (sic enim sibi humana mens persona debat) cum justo et le-

gitimo matrimonio pugnaret hoc... sed propter Salomonem, qui aliunde nasci non potuit, nisi ex Bathseba conjunto David semine, quamvis meretrice, conjunxit eos Dues (Sobre la larga vida I, 5) (1).

El deseo amoroso, que los poetas de todos los tiempos se esfuerzan por expresar con mil formas sin agotar nunca el asunto, ni siquiera igualarlo; ese deseo que une a la posesión de cierta mujer la idea de una felicidad infinita, y un dolor inexpresable al pensamiento de no poder conseguirla; ese deseo y este dolor amoroso no pueden tener por principio las necesidades de un individuo efímero; ese deseo es el suspiro del genio de la especie, quien, para realizar sus propósitos, ve aquí una ocasión única que aprovechar o perder, y exhala hondos gemidos. Sólo la especie tiene una vida sin fin, y ella sola es capaz de satisfacciones y de dolores infinitos. Pero encuéntranse éstos aprisionados dentro del mezquino pecho de un mortal: ¡qué tiene de extraño, cuando ese pecho parece querer estallar y no puede encontrar ninguna expresión que pinte el presentimiento de voluptuosidad o de pena infinitas que le invade! Este es el asunto de toda poesía erótica de un género elevado, de esas metáforas trascendentes que se ciernen muy por encima de las cosas terrenas. Esto es lo que inspiraba a Petrarca, lo que agitaba a los Saint-Preux, a los Werther y a los Jacopo Ortis; sin eso, serían incomprensibles e inexplicables. Ese precio infinito que

1) «Estos son aquéllos que Dios unió, como aquella que fue de Urías y de David, aunque esto se oponga diametralmente al matrimonio justo y legítimo (así lo pensaba la mente humana)... Pero a causa de Salomón, que no podía nacer en otro lugar sino en Betrabí con el germen de David, a pesar de que ella fuera una meretriz, uniolos Dios».

los amantes se conceden uno a otro, no puede fundarse en raras cualidades intelectuales, en cualidades objetivas o reales, sencillamente porque los enamorados no se conocen uno a otro con bastante exactitud: tal era el caso de Petrarca. El espíritu de la especie es el único que de una sola sola mirada puede ver qué valor tienen los amantes para él y cómo le pueden servir para sus fines. Por eso las grandes pasiones suelen nacer a la primera mirada.

Who ever lov'd, that lov'd not art firts sight?
¿Ha amado quien no amó a primera vista?
(Shakespeare, *As you like it,* III,5.)

...Si la pérdida de la mujer amada, sea por obra de un rival o por la de la muerte, causa al amante apasionado un dolor que excede a todos los demás, es precisamente porque este dolor es de una naturaleza trascendente, y no le hiere sólo como individuo, sino en su *essentia œterna,* en la vida de especie, de la que estaba encargado de realizar la voluntad especial. De aquí proviene que los celos estén tan llenos de tormentos y sean tan feroces; y que el más grande de todos los sacrificios sea el de renunciar a la persona amada.

Un héroe se ruborizaría de exhalar quejas vulgares, pero no quejas de amor; porque entonces no es él, es la especie quien se lamenta. En *La gran Zenobia,* de Calderón, hay en el segundo acto una escena entre Zenobia y Decio, donde dice éste:

> Cielos, ¿luego tú me quieres?
> Perdiera cien mil victorias,
> Volviéramos, etc.

Aquí, pues, el honor, que hasta entonces superaba a cualquier otro interés, ha sido vencido y puesto en fuga tan pronto como el amor, es decir, el interés de la especie, entra en escena y trata de conseguir el triunfo decisivo... Sólo ante este interés ceden el honor, el deber y la fidelidad, después de haber resistido a todas las demás tentaciones, hasta a las amenazas de muerte.

Asimismo, no hay en la vida privada punto en el cual sea más rara la probidad escrupulosa: las personas más honestas en lo demás y más rectas la echan aquí a un lado, y cometen el adulterio con menosprecio de todo, cuando se apodera de ellas el amor apasionado, es decir, el interés de la especie. Hasta parece que creen tener conciencia de un privilegio superior, tal como los intereses individuales nunca podrían concederlo semejante; precisamente porque obran en interés de la especie. Merece señalarse, desde este punto de vista, el pensamiento de Chamfort: «Cuando un hombre y una mujer tienen uno por otro una pasión violenta, siempre me parece que sean cuales fueren los obstáculos que les separan, marido, padres, etc., los dos amantes son uno de otro por mandato de la naturaleza, que se pertenecen recíprocamente por derecho divino, a pesar de las leyes y convenciones humanos». Si se alzasen protestas contra esta teoría, nos bastaría recordar la asombrosa indulgencia con que en el Evangelio trata a la mujer adúltera el Salvador, cuando presume la misma falta en todos los presentes.

Desde este mismo punto de vista, la mayor parte del *Decameron* parece ser una pura burla, un puro sarcasmo del genio de la especie contra los derechos y los intereses de los individuos, que tira por los suelos.

El genio de la especie separa y anonada sin esfuerzo todas las diferencias de alcurnia, todos los obstáculos, todas las barreras sociales. Disipa, cual una leve arista, todas las instituciones humanas, sin cuidarse más que de las generaciones futuras. Bajo el imperio de un interés amoroso, desaparece todo peligro y hasta el ser más pusilánime encuentra valor.

Y en la comedia y la novela, ¡con qué placer, con qué simpatía acompañamos a los jóvenes que defienden su amor, es decir, el interés de la especie, y que triunfan de la hostilidad de los padres, únicamente preocupados de los intereses individuales! Pues tanto como la especie sobrepuja al individuo, otro tanto supera la pasión en importancia, elevación y justicia a todo lo que la contraría. Por eso el asunto fundamental de casi todas las comedias es la entrada en escena del genio de la especie con sus aspiraciones y sus proyectos, amenazando los intereses de los otros personajes de la obra y tratando de sepultar la felicidad de éstos.

Generalmente lo consigue, y el desenlace, conforme con la justicia poética, satisface al espectador, porque este último comprende que los designios de la especie son muy superiores a los de los individuos; después del desenlace sale de allí consolado del todo, dejando victoriosos a los enamorados, asociándose a la ilusión de que han puesto los cimientos de su propia ventura, cuando en realidad no han hecho más que sacrificarla en aras del bien de la especie, a pesar de las previsiones y la oposición de sus padres. En ciertas extrañas comedias se ha tratado de volver las cosas al revés y llevar a buen término la felicidad de los individuos a expensas de los fines de la especie; pero en este caso, el espectador experimenta el mismo dolor que el genio de la especie, y no podría consolarle la ventaja segura de los individuos. Acuden a mi memoria como ejemplo algunas piececitas muy conocidas. *La reina de dieciséis años. El casamiento razonable.* En las tragedias donde se trata de amor, los amantes casi siempre sucumben; no han podido hacer triunfar los fines de la especie, de los cuales eran sólo instrumento; así sucede en *Romeo y Julieta, Tancredo, Don Carlos, Wallenstein, La desposada de Messina* y tantas otras.

Un enamorado, lo mismo puede llegar a ser cómico que trágico, porque en uno y otro caso está en manos del genio de la especie, que le domina hasta el punto de enajenarlo de sí mismo; sus acciones son desproporcionadas con respecto a su carácter. De aquí proviene, en los grados superiores de la pasión, ese colorido tan poético y tan sublime que reviste sus pensamientos, esa elevación trascendente y sobrenatural que parece hacerle perder de vista en abosoluto el objetivo enteramente físico de su amor. Es que entonces le animan el genio de la especie y sus intereses superiores. Ha recibido la misión de fundar una serie indefinida de generaciones dotadas de cierta constitución y formadas por ciertos elementos que no pueden hallarse más que en un solo padre y una sola madre; esta unión, y sólo ésta, puede dar existencia a la generación determinada que la voluntad de vivir exige expresamente. El presentimiento que tiene de obrar en circunstancias de una importancia tan trascendente, eleva al amante a tal altura sobre sí mismo, y reviste sus deseos materiales con una apariencia tan inmaterial, que el amor es un episodio poético hasta en la vida del hombre más prosaico, lo que a veces le hace ridículo. Esta misión, que la voluntad cuidadosa de los intereses de la especie impone al amante, se presenta bajo el disfraz de una ventura infinita, que espera encontrar en la posesión de la mujer amada. En los grados supremos de la pasión es tan destellante esta quimera que, si no puede conseguirse, la misma vida pierde todos sus encantos y parece desde entonces tan exhausta de alegrías, tan sosa y tan insípida, que el disgusto que por ella se siente supera aun al espanto de la muerte; el infeliz abrevia a veces sus días voluntariamente. En este caso, la voluntad del hombre ha entrado en el torbellino de la voluntad de la especie; o bien esta última arrolla de tal modo a la voluntad individual, que si el amante no puede obrar en representación de esta voluntad de la especie, renuncia a obrar en nombre de la suya propia. El individuo es un vaso harto frágil para contener la aspiración infinita de la voluntad de la especie, concentrada sobre un objeto determinado. Desde entonces no tiene más salida que el suicidio, a veces el doble suicidio de los dos amantes; a menos de que la naturaleza, por salvar la existencia, no deje sobrevenir la locura que cubre con su velo la conciencia de un estado desesperado. Todos los años vienen a confirmar esta verdad varios casos análogos.

Pero no sólo es la pasión quien a veces tiene un desenlace trágico: el amor satisfecho conduce también más a menudo a la desdicha que a la felicidad. Porque las exigencias del amor, en conflicto con el bienestar personal del amante, son tan incompatibles con las otras circunstancias de la vida y sus planes acerca de lo venidero, que minan todo el edificio de sus proyectos, de sus esperanzas y de sus ensueños. El amor, no sólo está en contradicción con las relaciones sociales, sino que a menudo también lo está con la naturaleza íntima del individuo, cuando se fija en personas que, fuera de las relaciones sexuales, serían odiadas por su amante, menospreciadas y hasta aborrecidas. Pero la voluntad de la especie tiene tanto poder sobre el individuo, que el amante impone silencio a sus repugnancias y cierra los ojos acerca de los defectos de aquella a quien ama; pasa de ligero por todo, lo desconoce todo y se une para siempre al objeto de su pasión. ¡Tanto es lo que le deslumbra esa ilusión, que se desvanece en cuanto queda satisfecha la voluntad de la especie, y que deja tras de sí para toda la vida una compañera a quien se detesta! Sólo así se explica que hombres razonables y hasta distinguidos se enlacen con harpías y se casen con megeras, y no comprendan cómo han podido hacer tal elección. He aquí por qué los antiguos representaban el Amor con una venda en los ojos. Hasta puede suceder que un enamorado reconozca con claridad los vicios intolerables de temperamento y de carácter en su prometida que le presagian una vida tormentosa; y hasta puede ocurrir que sufra por eso amargamente, sin tener valor para renunciar a ella:

I ask not, I care not,
If guilt's in thy heart;
I know that I love thee,
Wat ever thou art.

No importa si eres culpable,
No lo pregunto siquiera;
Sé que te amo tal cual eres,
Y me basta tal idea.

Porque en el fondo no persigue su propio interés, aun cuando se lo imagine, sino el de un tercer individuo que debe nacer de ese amor. Este desinterés, que en todas partes es el sello de la grandeza, da aquí al amor apasionado esta apariencia sublime y le hace digno objeto de la poesía. Por último, acontece que el amor se concilia con el odio más violento al ser amado, y por eso lo compara Platón al amor de los lobos a las ovejas. Preséntase este caso cuando un amante apasionado, a pesar de todos los esfuerzos y de todas las súplicas, no puede a ningún precio hacerse escuchar.

I love and hate her.
(SHAKESPEARE, *Cymb.*, III, 5.

La amo y la odio.

Enardécele entonces el odio contra la persona amada, llegando hasta el punto de matar a la que quiere y darse luego la muerte. Todos los años se presentan ejemplos de esta clase y se encuentran en los periódicos. ¡Cuánta verdad hay en estos versos de Goëthe!

¡Por todo amor despreciado!
¡Por las furias del infierno!
¡Quisiera yo conocer
Algo más atroz que aquesto!

Cuando un amante trata de crueldad la esquivez de su amada o el gusto de ella en hacerle sufrir, esto no es verdaderamente una hipérbole. Hállase, en efecto, bajo la influencia de una inclinación que, análoga al instinto de los insectos, le obliga, a despecho de la razón, a perseguir absolutamente sus fines y descuidar todo lo demás. Más de un Petrarca ha tenido que arrastrar sin esperanza su amor a lo largo de toda su vida, como una cadena, cual un grillete de hierro en los pies, y exhalar sus suspiros en la soledad de los bosques; pero no ha habido más que un Petrarca dotado al mismo tiempo con el don de poesía; a él se aplican los hermosos versos de Goëthe:

Y si el hombre en medio de su dolor enmudece,
Me ha dado un dios el poder decir cómo sufro.

El genio de la especie está siempre en guerra con los genios protectores de los individuos; es su perseguidor y su enemigo, siempre dispuesto a destruir sin cuartel la felicidad personal para lograr sus fines. Y se ha visto depender a veces de sus caprichos la salud de naciones enteras: Shakespeare nos da un ejemplo de ello en *Enrique VI,* tercera parte, acto III, escenas segunda y tercera. En efecto, la especie donde arraiga nuestro ser, tiene sobre nosotros un derecho anterior y más inmediato que el individuo: sus asuntos son antes que los nuestros. Así lo presintieron los antiguos, cuando personificaron el genio de la especie en Cupido, dios hostil, dios cruel a pesar de su aire de niño, dios justamente difamado, demonio caprichoso, despótico, y, sin embargo, dueño de los dioses y de los hombres:

Tu, deorum hominumque tyranne, Amor! (1).

Flechas mortíferas, venda y alas son sus atributos. Las alas indican la inconstancia, séquito habitual de la desilusión que acompaña al deseo satisfecho.

En efecto, como la pasión se fundaba en una ilusión de felicidad personal, en provecho de la especie, una vez pagado a ésta el tributo, al descaecer, la ilusión tiene que disiparse. El genio de la especie, que había tomado posesión del individuo, le abandona de nuevo a su libertad. Desamparado por él, cae en los estrechos límites de su pobreza, y se asombra al ver que después de tantos esfuerzos sublimes, heroicos e infinitos, no le queda más que una vulgar satisfacción de los sentidos: contra lo que esperaba, no se encuentra más feliz que antes. Advierte que ha sido víctima de los engaños de la voluntad de la especie. Por eso, regla general: cuando Teseo la consigue, luego abandona a su Ariadna. Si hubiese sido satisfecha la pasión de Petrarca, hubiera cesado su canto, como el del ave en cuanto están puestos los huevos en el nido.

Notemos al paso que mi metafísica del amor desagradará de seguro a los enamorados que se han dejado coger en el garlito. Si fueran accesibles a la razón, la verdad fundamental que he descubierto les haría capaces más que ninguna otra de dominar su amor. Pero hay que atenerse a la sentencia

---

1) Tú, amor, tirano de los dioses y de los hombres.

del antiguo poeta cómico: *Quæ res in se neque consilium, neque modum habet ullum, eam consilio regere non potes* (1).

Los matrimonio por amor se conciertan en interés de la especie y no en provecho del individuo. Verdad es que los individuos se imaginan que trabajan por su propia dicha; pero el verdadero fin les es extraño a ellos mismos, puesto que no es más sino la precreación de un ser que sólo por ellos es posible. Obedeciendo uno y otro al mismo impulso, naturalmente deben tratar de estar en el mejor acuerdo que puedan. Pero muy a menudo, gracias a esa ilusión instintiva que es la esencia del amor, la pareja así formada se encuentra en todo lo demás en el desacuerdo más ruidoso. Bien se ve esto en cuanto la ilusión se ha desvanecido fatalmente. Ocurre entonces que por lo regular son bastante desgraciados los matrimonios por amor, porque aseguran la felicidad de la generación venidera a expensas de la generación actual. *Quien se casa por amores, ha de vivir con dolores,* dice el proverbio español. Lo contrario sucede en los matrimonios de conveniencia, concertados la mayor parte de las veces según elección de los padres. Las consideraciones que determinan esta clase de enlaces, cualquiera que pueda ser la naturaleza de ellos, a lo menos tienen alguna realidad, y no pueden desaparecer por sí mismas. Estas consideraciones son capaces de asegurar la ventura de los esposos, pero a expensas de los hijos que deban nacer de ellos, y aún así es problemática esa felicidad.

---

1) «Lo que en sí carece de razón y medida, no podrás regirlo con la razón».

El hombre que al casarse se preocupa aún más del dinero que de su inclinación, vive más para el individuo que para la especie; lo cual es absolutamente opuesto a la verdad, a la naturaleza, y merece cierto menosprecio. Una joven soltera que, a pesar de los consejos de sus padres, rehúsa la mano de un hombre rico y joven aún, y rechaza todas las consideraciones de conveniencia para elegir según su gusto instintivo, hace en aras de la especie el sacrificio de su felicidad individual. Pero, precisamente a causa de eso, no puede negársele cierta aprobación; porque ha preferido lo que más importa, y obra según el sentir de la naturaleza (o, hablando con mayor exactitud, de la especie), al paso que los padres la aconsejaban en el sentir del egoísmo individual. Parece, pues, que, al concertarse una boda, es preciso sacrificar los intereses de la especie o los del individuo. La mayoría del tiempo así sucede: tan raro es ver las conveniencias y la pasión ir juntas de la mano. La miserable constitución física, moral o intelectual de la mayor parte de los hombres proviene, sin duda, en gran manera, de que, por lo general, se conciertan los matrimonios, no por pura elección o simpatía, sino por toda clase de consideraciones exteriores y conforme a circunstancias accidentales. Cuando al mismo tiempo que las conveniencias se respeta, hasta cierto punto, la inclinación, resulta una especie de transacción con el genio de la especie. Ya se sabe que son muy escasos los matrimonios felices, porque la esencia del matrimonio es tener como principal objetivo, no la generación actual, sino la generación futura. Sin embargo, para consuelo de las naturalezas tiernas y amantes, añadamos que el amor apasionado se asocia a veces con un sentimiento del todo diferente; me refiero a la amistad que se funda en el acuerdo de los caracteres; pero no se declara hasta que el amor se extingue con el goce. El acorde de las cualidades complementarias, morales, intelectuales y físicas, necesario desde el punto de vista de la generación futura para hacer que nazca el amor, puede también, por una especie de oposición concordante de temperamentos y caracteres, producir la amistad desde el punto de vista de los mismos individuos.

Toda esta metafísica del amor que acabo de desarrollar aquí, se enlaza íntimamente con mi metafísica en general; y he aquí cómo la ilumina con nueva luz.

Se ha visto que en el amor de los sexos la selección atenta, elevándose poco a poco hasta el amor apasionado, se funda en el tan alto y serio interés que el hombre se toma por la constitución especial y personal de la raza venidera. Esta simpatía, en extremo notable, confirma precisamente dos verdades presentadas en los anteriores capítulos: en primer término, la indestructibilidad del ser en sí que sobrevive al hombre en esas generaciones por venir. Esta simpatía tan viva y tan activa, que nace, no de la reflexión y de la intención, sino de las aspiraciones y de las tendencias más íntimas de nuestro ser, no podría existir de una manera tan indestructible y ejercer sobre el hombre tan gran imperio, si el hombre fuese totalmente efímero y si las generaciones se sucedieran real y absolutamente distintas unas de otras, sin más lazo que la continuidad del tiempo. La segunda verdad es que el ser en sí reside en la especie más que en el individuo. Porque este interés por la constitución especial de la especie, que es el origen de todo comercio amoroso, desde el capricho más fugaz hasta la pasión más seria, es, en verdad, para cada uno el asunto más importante, es decir, aquel cuyo buen o mal éxito le afecta de la manera más sensible, y de donde le viene, por excelencia, el nombre de asunto del corazón. Por eso, cuando este interés ha hablado de una manera decisiva, se le subordina, y en caso preciso se le sacrifica, cualquier otro interés que sólo concierna a la persona privada. Así prueba el hombre que la especie le importa más que el individuo, y que vive más directamente en la especie que en el individuo. ¿Por qué, pues, está pendiente el enamorado, con completo abandono, de los ojos de aquella a quien ha elegido? ¿Por qué está dispuesto a sacrificarlo todo por ella? Porque la parte inmortal de su ser es lo que por ella suspira; al paso que cualquier otro de sus deseos sólo se refiere a su ser fugitivo y mortal. Esta aspiración viva, ferviente, dirigida a cierta mujer, es, pues, un gaje de la indestructibilidad de la esencia de nuestro ser y de su continuidad en la especie. Considerar esta continuidad como una cosa insuficiente e insignificante, es un error que nace de que por continuidad de vida de la especie, no se entiende otra cosa más que la existencia futura de seres semejantes a nosotros, pero en ninguna manera idénticos; y eso, porque, partiendo de un conocimiento dirigido hacia las cosas exteriores, no se considera más que la figura exterior de la especie, tal como la concebimos por intuición, y no en su esencia íntima. Esta esencia oculta es precisamente lo que está en el fondo de nuestra conciencia y forma su punto cen-

tral, lo cual es hasta más inmediato que esta conciencia; y en tanto que es cosa en sí, libre del *principium individuationis,* esta esencia se encuentra absolutamente idéntica en todos los individuos, ya existan simultáneamente o sucesivamente.
les suceden.

Esto es lo que, en otros términos, llamo yo «la voluntad de vivir», o sea aquella aspiración apremiante a la vida y a la duración. Precisamente ésa es la fuerza que la muerte conserva y deja intacta, fuerza inmutable que no puede conducir a un estado mejor. Para todo ser vivo, el sufrimiento y la muerte son no menos ciertos que la existencia. Puede, sin embargo, liberarse de los sufrimientos y de la muerte por la negación de la voluntad de vivir, que tiene por efecto desprender la voluntad del individuo de la rama de la especie y suprimir la existencia en la especie. No tenemos ninguna idea acerca de lo que entonces le sucede a esta voluntad, y nos faltan todos los datos sobre este punto. No podemos designar tal estado sino como aquel que tiene la libertad de ser o de no ser voluntad de vivir. Este último caso, es lo que el buddhismo denomina *Nirvana;* éste es precisamente el punto que por su misma naturaleza queda siempre lejos del alcance de todo conocimiento humano.

Si, situándonos ahora en el punto de vista de estas últimas consideraciones, sumergimos nuestras miradas en el tumulto de la vida, vemos su miseria y sus tormentos ocupar a todos los hombres; vemos a los hombres reunir todos sus esfuerzos para satisfacer necesidades sin término y perservarse de la miseria de mil aspectos, sin atreverse, no obstante, a esperar otra cosa sino la conversación durante corto período de tiempo de esta misma existencia tan atormentada. Y he aquí que, en plena confusión de la lucha, vemos dos amantes cuyas miradas se cruzan llenas de deseos.

Pero, ¿por qué tanto misterio, por qué esos pasos temerosos y disimulados?

Porque esos amantes son unos traidores que trabajan en secreto para perpetuar toda la miseria y todos los tormentos que sin ellos tendrían un fin próximo, fin que pretenden hacer vano, cual vano lo hicieron otros antes que ellos.

—

Si el espíritu de la especie, que dirige a dos amantes sin que lo sepan, pudiese hablar por su boca y expresar ideas claras en vez de manifestarse por medio de sentimientos instintivos, la elevada poesía de ese diálogo amatorio que en el actual lenguaje sólo habla con imágenes novelescas y parábolas ideales de aspiraciones infinitas, de presentimientos de una voluptuosidad sin límites, de felicidad inefable, de fidelidad eterna, etc..., se traduciría así:

DAFNIS. — Quisiera regalar un individuo a la generación futura, y creo que tú podrías darle lo que a mí me falta.

CLÓE. — Tengo la misma intención, y creo que tú podrías darle lo que yo no tengo. ¡Vamos a ver un momento!

DAFNIS. — Yo le doy elevada estatura y fuerza muscular: tú no tienes ni una ni otra.

CLÓE. — Yo le doy bellas formas y menudos pies: tú no tienes ni éstos ni aquéllos.

DAFNIS. — Yo le doy fina piel blanca, que tú no tienes.

CLÓE. — Yo le doy cabellos negros y ojos negros: tú eres rubio.

DAFNIS. — Yo le doy nariz aguileña.

CLÓE. — Yo le doy boca chiquita.

DAFNIS. — Yo le doy valentía y bondad, que no podrían vernirle de ti.

CLÓE. — Yo le doy hermosa frente, ingenio e inteligencia, que no podrían venirle de ti.

DAFNIS. — Talle derecho, bella dentadura, salud sólida: he aquí lo que recibe de nosotros dos. De veras, los dos juntos podemos dotar de perfecciones al futuro individuo; por eso te deseo más que a ninguna otra mujer.

CLÓE. — Y yo también te deseo.

Si se tiene en cuenta la inmutabilidad absoluta del carácter y de la inteligencia de cada hombre, preciso es admitir que para ennoblecer a la especie humana no es posible intentar nada exterior; obtendríase ese resultado, no por la educación y la instrucción, sino por vía de la generación. Este es el parecer de Platón cuando, en el libro v de su *República,* expone aquel asombroso plan del acrecimiento y ennoblecimiento de la casta de los guerreros. Si se pudiese hacer eunucos a todos los pillastres, encerrar en conventos a todas las necias, proveer a las personas de carácter de todo un harén, y de hombres (verdaderos hombres) a todas las jóvenes solteras inteligentes y graciosas, veríase bien pronto nacer una generación que nos daría una edad superior aún al siglo de Perícles.

Sin dejarnos llevar de planes quiméricos, ha lugar a reflexionar que si, en lugar de la pena de muerte, se estableciese la castración como la pena más grande, se libraría a la sociedad de generaciones enteras de pillastres; y esto, con tanta mayor seguridad, cuanto que, como se sabe, la mayoría de los crímenes se cometen entre las edades de veinte y treinta años.

—

Sterne dice en *Tristam Shardy: There is no passion so serious as lust.* En efecto; la voluptuosidad es muy seria. Representaos la pareja más hermosa, la más encantadora: ¡cómo se atraen y repelen, se desean y huyen con gracia, en un bello juego de amor! Llega el instante de la voluptuosidad: todo jugueteo, toda alegría graciosa y dulce han desaparecido de repente. La pareja se ha puesto seria. ¿Por qué? Porque la voluptuosidad es bestial y la bestialidad no se ríe. Las fuerzas de la naturaleza obran seriamente en todas partes.

La voluptuosidad de los sentidos es lo opuesto al entusiasmo que nos abre el mundo ideal. El entusiasmo y la voluptuosidad son graves y no traen consigo jugueteos.

METAFISICA
DE LA MUERTE

METAFISICA DE LA MUERTE

La individualidad de la mayoría de los hombres es tan miserable y tan insignificante, que nada pierden con la muerte: lo que en ellos puede aún tener algún valor, es decir, los rasgos generales de humanidad, eso subsiste en los demás hombres. A la humanidad y no al individuo es a quien se le puede asegurar la duración. Si le concediese al hombre una vida eterna, la rigidez inmutable de su carácter y los estrechos límites de su inteligencia le parecerían a la larga tan monótonos y le inspirarían un disgusto tan grande, que para verse libre de ellos concluiría por preferir la nada. Exigir la inmortalidad del individuo es querer perpetuar un error hasta el infinito. Porque, en el fondo, toda individualidad es un error especial, una equivocación, algo que no debiera existir; y el verdadero objetivo de la vida es librarnos de él. Prueba de ello que la mayoría de los hombres, por no decir todos, están constituidos de tal suerte que no podrían ser felices en ningún mundo donde sueñen verse colocados. Si ese mundo estuviera exento de miseria y de pena, se haría, presa del tedio; y en la medida en que pudieran escapar de éste, volverían a caer en las miserias, los tormentos, los sufrimientos. Así, pues, para conducir al hombre a un estado mejor, no bastaría ponerle en un mundo mejor, sino que sería preciso de toda necesidad transformarle totalmente, hacer de modo que no sea lo que es y que llegara a ser lo que no es. Por tanto, necesariamente tiene que dejar de ser lo que es; esta condición previa la realiza la muerte, y desde este punto de vista concíbese su necesidad moral. Ser colocado en otro mundo y cambiar totalmente su ser, son en el fondo una sola y misma cosa.

Pero, una vez que la muerte ha puesto término a una conciencia individual, ¿sería deseable que esta misma conciencia se encendiese de nuevo para durar una eternidad? ¿Qué contiene, la mayor parte de las veces? Nada más que un torrente de ideas pobres, estrechas, terrenales, cuidados sin cuento. Pues, dejadala descansar en paz para siempre.

Parece que la conclusión de toda actividad vital es un maravilloso alivio para la fuerza que la mantiene: esto explica tal vez esa expresión de dulce serenidad difundida en el rostro de la mayoría de los muertos.

¡Cuán larga es la noche del tiempo ilimitado si se compara con el breve ensueño de la vida!

Cuando en otoño se observa el pequeño mundo de los insectos y se ve que uno se prepara un lecho para dormir el pesado y largo sueño del invierno, que otro hace su capullo para pasar el invierno en estado de crisálida y renacer un día de primavera con toda su juventud y en toda su perfección, y, en fin, que la mayoría de ellos, al tratar de tomar descanso en brazos de la muerte, secontentan con poner cuidadosamente sus huevecillos en un nuevo ser, ¿qué otra cosa es esto sino la doctrina de la inmortalidad, enseñada por la naturaleza? Esto quiere darnos a entender que entre el sueñi y la muerte no hay diferencias radicales, que ni el uno ni la otra ponen en peligro la existencia. El cuidado con que el insecto prepara su celdilla, su agujero, su nido, así como el alimento para la larva que ha de nacer en la primavera próxima, y hecho esto, muere tranquilo, parécese en todo al cuidado con que un hombre coloca en orden por la noche sus vestidos y dispone su desayuno para la mañana siguiente, y luego se va a dormir en paz.

Y esto no podría suceder si el insecto que ha de morir en otoño, considerado en sí mismo y en su verdadera esencia, no fuese idéntico al que ha de desarrollarse en primavera; lo mismo que el hombre que se acuesta es el que después se levanta.

Mirad vuestro perro: ¡qué tranquilo y contento está! Millares de perros han muerto antes de que éste viniese a la vida. Pero la desaparición de todos aquéllos no ha tocado para nada la idea del perro; esta idea no se ha oscurecido por su muerte. He aquí por qué vuestro perro está tan fresco, tan animado por fuerzas juveniles, como si éste fuera su primer día y no hubiese de tener término; a través de sus ojos brilla el principio indestructible que hay en él, el *archæus*.

¿Qué es, pues, lo que la muerte ha destruido a través de millares de años? No es el perro: ahí está, delante de vosotros, sin haber sufrido detrimento alguno. Sólo su sombra, su figura, es lo que la debilidad de nuestro conocimiento no puede percibir sino en el tiempo.

Por su persistencia absoluta, la materia nos asegura una indestructibilidad, en virtud de la que quien fuere incapaz de concebir otra, podría consolarse con la idea de cierta inmortalidad. «¿Qué? —se dirá— la persistencia de un puro polvo, de una materia bruta, ¿sería esto la continuidad de nuestro ser?»

¿Pero conocéis ese polvo, sabéis lo que es y lo que puede? Antes de menospreciarlo, aprended a conocerlo. Esta materia, que no es más que polvo y ceniza, disuelta muy pronto en el agua, se va a convertir en un cristal, a brillar con el brillo de los metales, a producir chispas eléctricas, a manifestar su poder magnético..., a modelarse en plantas y animales, y a desarrollar en fin, en su seno misterioso esa vida cuya pérdida atormenta tanto a vuestro limitado espíritu. ¿No es nada, pues, el perdurar bajo la forma de esta materia?

No conocemos mayor juego de dados que el juego del nacimiento y de la muerte; preocupados, interesados, ansiosos hasta el extremo, asistimos a cada partida, porque a nuestros ojos todo va puesto en ella. Por el contrario, la naturaleza, que no miente nunca, la naturaleza, siempre franca y abierta, se expresa acerca de este asunto de una manera muy diferente: dice que nada le importan la vida o la muerte del individuo; esto lo expresa entregando la vida del animal y también la del hombre a menores azares, sin hacer ningún esfuerzo para salvarlos. Fijaos en el insecto que va por vuestro camino: el menor extravío involuntario de vuestros pie decide de su vida o de su muerte. Ved el limaco de los bosques, desprovisto de todo medio de huir, defenderse, engañar, ocultarse, presa expuesta al primero que llegue; ved el pez, cómo juega libre de inquietudes dentro de la red aún abierta; la rana, a quien su lentitud impide huir y salvarse; el ave a la vista del halcón que se cierne sobre ella y a quien no ve; la oveja, espiada por el lobo oculto en el bosque: todas esas víctimas, débiles, inermes, imprudentes, vagan en medio de ignorados riesgos que a cada instante las amenazan. La Naturaleza, al abandonar así sin resistencia sus organismos, obras de un arte infinito, no sólo a la avidez del más fuerte, sino al azar más ciego, al humor del primer imbécil que pasa, a la perversidad del niño; la Naturaleza expresa así, con su estilo lacónico, de oráculo, que le es indiferente el anonadamiento de esos seres, que no puede perjudicarla, que nada significa, y que en casos tales tan indiferente es la causa como el efecto...

Así, pues, cuando esta madre soberana y universal expone a sus hijos sin escrúpulo ninguno a mil riesgos inminentes, sabe que al sucumbir es que caen otra vez en su seno, donde los tiene ocultos; su muerte no es más que un retozo, un jugueteo. Lo mismo le sucede al hombre que a los animales. El oráculo de la naturaleza se extiende a nosotros; nuestra vida o nuestra muerte no le conmueven y no debieran emocionarnos, porque nosotros también formamos parte de la naturaleza.

Esta consideraciones nos traen a nuestra propia especie. Y si miramos adelante, hacia un porvenir muy remoto, y tratamos de representarnos las generaciones futuras, con sus millones de individuos humanos diferentes de nosotros en usanzas y costumbres, nos hacemos estas preguntas: ¿De dónde vendrán todos? ¿Dónde están ahora? ¿Dónde se halla el amplio seno de la nada, preñado del mundo, que aún guarda las generaciones venideras?

Pero ante estas preguntas hay que sonreírse y responder: no puede estar sino donde toda realidad ha sido y será, en el presente y en lo que contiene; por consiguiente, en ti, preguntón insensato, que desconoces tu propia esencia y te pareces a la hoja en el árbol cuando, marchitándose en otoño y pensando en que se ha de caer, se lamenta de su caída y no quiere consolarse a la vista del fresco verdor con que se engalanará el árbol en la primavera, dice gimiendo: «No seré yo, serán otras hojas».

¡Ah, hoja insensata! ¿A dónde quieres ir, pues, y de dónde podrían venir las otras hojas? ¿Dónde está esa nada, cuyo abismo temes? Reconoce, pues, tu mismo ser en esa fuerza íntima, oculta, siempre activa, del árbol, que a través de todas sus generaciones de hojas no es atacado ni por el nacimiento ni por la muerte. ¿No sucede con las generaciones humanas como con las de las hojas?

ÍNDICE

Prólogo 7
Metafísica del Amor 13
Metafísica de la muerte 61